La serpiente Keona
ISBN: 978-607-9344-30-6
1ª edición: agosto de 2014

Edición: Anabel Jurado
Diseño Gráfico: Fernanda Rodríguez

Ediciones Urano México, S.A. de C.V.
Insurgentes Sur 1722, ofna. 301, Col. Florida
México, D.F., 01030, México.
www.uranitolibros.com
uranitomexico@edicionesurano.com

Impreso en China – *Printed in China*

Cecilia Blanco • Ilustraciones: Milton

LA SERPIENTE KEONA

y otros cuentos que dan miedo

LA SERPIENTE KEONA

Cuando la Tierra era plana como un plato y estaba sostenida
por cuatro elefantes, que a su vez estaban parados sobre
una enorme tortuga, que vaya uno a saber sobre qué estaría parada,
habitaba los mares una serpiente marina.

Se llamaba Keona y era dueña de los confines del mundo,
adonde ningún barco se atrevía a ir.

Pero llegó el tiempo en que los hombres empezaron a viajar cada vez más lejos, buscando nuevas tierras para conquistar. Y fue así que, cierta vez, un barco tripulado por unos marineros barbudos con ganas de hacerse ricos partió con rumbo desconocido.

Ya en alta mar, cantaban un poco borrachos en la cubierta:

Keona no da miedo,
lero, lero, lero.

Al mismo tiempo, debajo del agua, la serpiente acompañaba sigilosamente al barco. Y cada tanto, solo para divertirse, daba un corcoveo o le arrojaba algún “regalito”.

—¡Jolines con estas olas! —decía mareado un marinero.

—¡Un coco me rompió el coco! —decía otro frotándose la cabeza, mirando extrañado hacia arriba.

Pero no todos temían a Keona. Había una pequeña isla cuyos habitantes la adoraban y le hacían ofrendas: los hombres arrojaban cocos al mar y las mujeres, plumas de pájaros multicolores.

Con las plumas, la serpiente se hacía una especie de corona que causaba la envidia de las sirenas. Y con los cocos... bueno, ya sabemos para qué usaba los cocos.

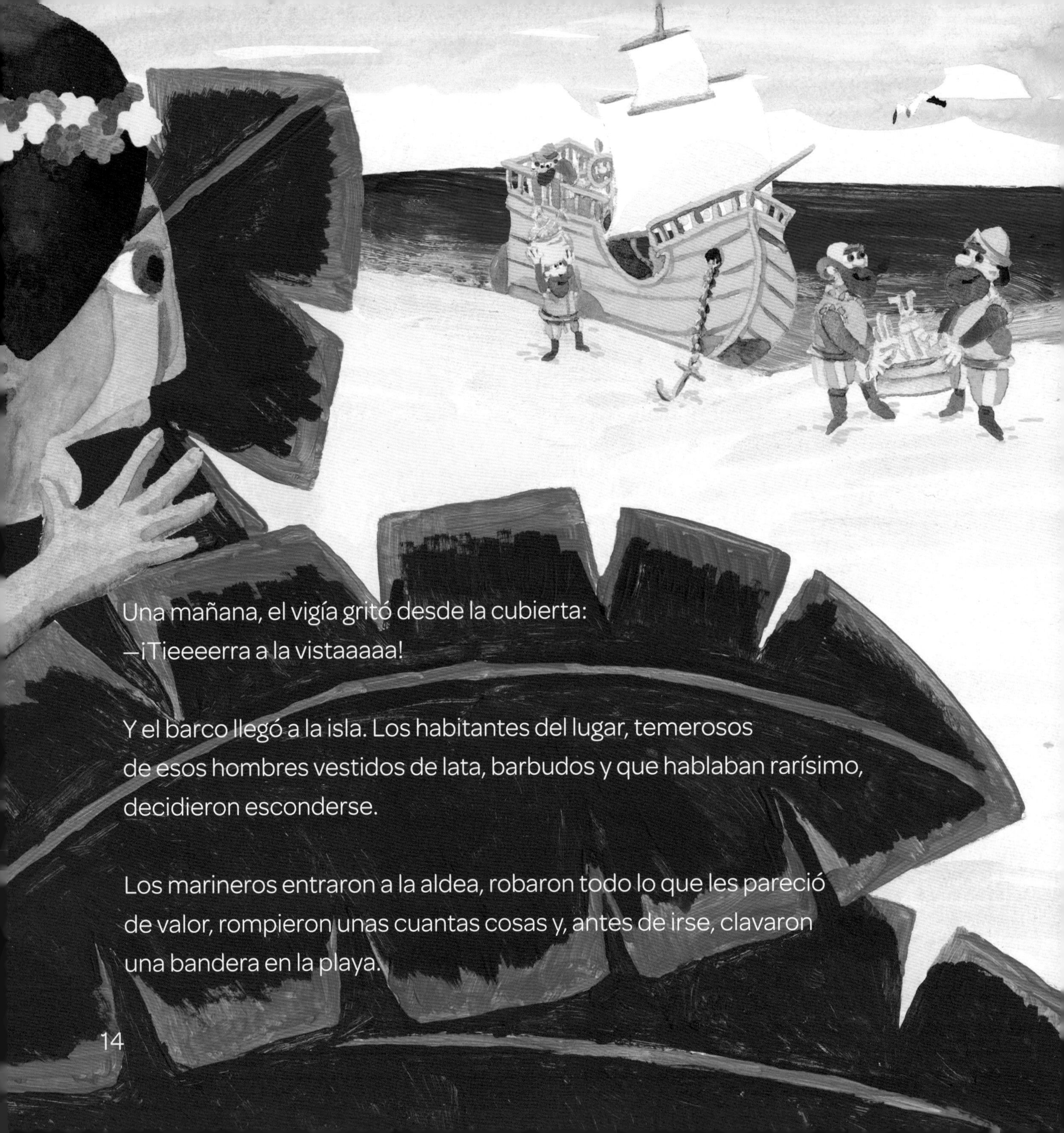

Una mañana, el vigía gritó desde la cubierta:
—¡Tieeeerra a la vistaaaaa!

Y el barco llegó a la isla. Los habitantes del lugar, temerosos de esos hombres vestidos de lata, barbudos y que hablaban rarísimo, decidieron esconderse.

Los marineros entraron a la aldea, robaron todo lo que les pareció de valor, rompieron unas cuantas cosas y, antes de irse, clavaron una bandera en la playa.

Mientras esto sucedía, Keona estaba en el fondo del mar haciéndose una nueva corona con plumas y algunas perlas. Cuando se la estaba probando, vio pasar el barco por encima de su cabeza. Entonces, se metió un par de cocos en la boca y nadó hacia la superficie para hacer puntería.

El capitán, alarmado, ordenó a su tripulación:
—¡La serpiente nos ataca! ¡Defendamos nuestros tesoros!
Y dirigieron sus cañones hacia Keona.
—Preparen... apunten... ¡FUEGO!

Una enorme bala rozó la cabeza de la serpiente, volándole las plumas. Keona desapareció en el mar y los hombres gritaron victoriosos, pensando que la habían matado. Pero la alegría se les terminó cuando el barco comenzó a girar como un trompo, como si por debajo una fuerza enorme hiciera un gran remolino.

De pronto, la serpiente sacó medio cuerpo afuera del agua.
Los marineros gritaron aterrorizados, mientras veían cómo el monstruo se les venía encima. Keona cayó con todo su peso justo en el medio del barco, partiéndolo en pedazos.

Mientras tanto, en la isla, sus habitantes habían salido de los escondites y comenzaban a reparar lo poco que les había quedado. Algunos estaban mirando curiosos la bandera clavada en la playa, cuando se dieron cuenta de que los marineros estaban nadando hacia la costa, agarrados a tablas o toneles. Cuando llegaron a tierra, los hombres y las mujeres de la aldea los miraron con el ceño fruncido, mientras ellos ponían cara de pobrecitos.

¿Qué podrían hacer con los barbudos? Una mujer tuvo la idea:
—¡Que trabajen bajando cocos! —dijo, señalando las palmeras.

Los tesoros y los cañones terminaron en el fondo del mar.
A la bandera se la llevó un monito.

Cuentan los más viejos de la isla que, al poco tiempo, Keona reapareció. No tenía una corona de plumas, pero se había puesto dos anclas como aretes.

Y ese fue el gran día en el que pudieron subirse a su lomo para dar un paseo.

FIN

LA BRUJA OFIDIA

Como todas las mañanas, los pequeños brujos formaron una ronda en el patio. Cada uno sacó un gusano de su bolsillo (o de su mochila, o de su oreja) y cuando la directora dio la orden, cantaron:

Saco un gusanito,
lo hago bailar,
lo muerdo, lo masco
y lo vuelvo a tragar.

Y todos abrieron grandes las bocas y se los comieron.

—¡Buenos días y buen provecho! —los saludó la directora—. Hoy tengo una gran noticia para darles...

Mientras escuchaban, los chicos miraban curiosos a una bruja sonriente parada frente a ellos.
—Les presento a Ofidia. Ella será su nueva maestra.
—¡Hola, brujitos! —dijo Ofidia sin dejar de sonreír—. ¿Nos vamos a la sala?

Y haciendo un tren, se fueron con ella.

En cuanto entraron al salón, los chicos empezaron a hacer lo que siempre hacían: lío. Todos gritaban, muchos lanzaban cosas por el aire, algunos lloraban.

En medio del barullo, Ofidia estaba quieta y muda. Parecía una estatua.

De repente, empezó a transformarse: el color de su piel pasó de blanco a verde. Las uñas le crecieron largas como cuchillos y los dientes se le afilaron. Los ojos se le pusieron rojos y empezó a gruñir bajito, como un perro cuando le quieren quitar su hueso.

Uno a uno los brujitos se fueron callando y quedando quietos, aterrorizados.

Cuando en la sala no se escuchó ni un solo ruido, Ofidia dejó de gruñir, hizo un silencio y finalmente dijo:

—¡Ah, qué bueno que podamos empezar!

Y enseguida volvió a su forma normal.

Un rato más tarde, los chicos estaban modelando figuras con moco de ogro, mientras Ofidia pasaba de mesa en mesa convertida en una serpiente, haciendo sonar el cascabel de su cola cuando algo le gustaba mucho.

A la hora de la merienda,
a la maestra le crecieron
cinco brazos más para
poder servir la leche y,
al mismo tiempo, llenar
de cucarachas tostadas
los platos a medida que
los brujitos comían.

Al día siguiente, a la hora del cuento, todos se sentaron en sus almohadones para escuchar. Todos, menos una brujita pelirroja que no paraba de moverse. Mientras leía, a Ofidia le salió un tercer ojo en la frente, con el que vio lo que estaba haciendo la revoltosa. Sin parar de leer, un mechón de su pelo se transformó en una pinza, con la que la levantó y la tuvo suspendida en el aire hasta el final de la historia.

Pasaron los días, pero los pequeños brujos no terminaban
de acostumbrarse a que Ofidia se transformara a cada rato.

Las chicas temían que se hiciera invisible y escuchara
sus conversaciones. Los varones, que se transformara en una princesa.
—¡Ni siquiera su verruga se queda en el mismo lugar!
—se quejaba la pelirroja.

Una lluviosa mañana fueron de excursión al Bosque Tenebroso.
Era un lugar estupendo, con árboles espinosos para trepar,
hongos venenosos para comer y animales peligrosos para perseguir.

Los chicos estaban disfrutando del paseo cuando de repente paró la lluvia, y por entre los nubarrones se filtró un tenue rayo de sol.

Ofidia lo miró con preocupación y comenzó a inflarse, a inflarse, a inflarse... hasta convertirse en una enorme carpa.
—¡Vengan todos, vengan todos! —los llamó—. ¡Refugiémonos hasta que vuelva la tormenta!

Primero los más valientes, luego los más tímidos
y por último los más miedosos, todos los brujitos
fueron a cobijarse debajo de Ofidia, formando
un apretado racimo a sus pies.
¡Gracias a la maestra podían esperar que volviera la lluvia
sin tener que irse del bosque!

Para que no se aburrieran mientras esperaban,
Ofidia les inventó un cuento que los hizo reír mucho.
Era la historia de unos extraños chicos que tenían que
lavarse los dientes después de comer unas
cosas pegajosas que ellos llamaban “caramelos”.

FIN

WALDO, EL HOMBRE LOBO

La infancia de Waldo fue como la de cualquier otro niño. Jugaba a la pelota, gritaba cuando le entraba champú en los ojos, miraba las caricaturas en la tele. Salvo por un pequeño detalle: en los bolsillos, en vez de caramelos, llevaba huesos de carne asada.

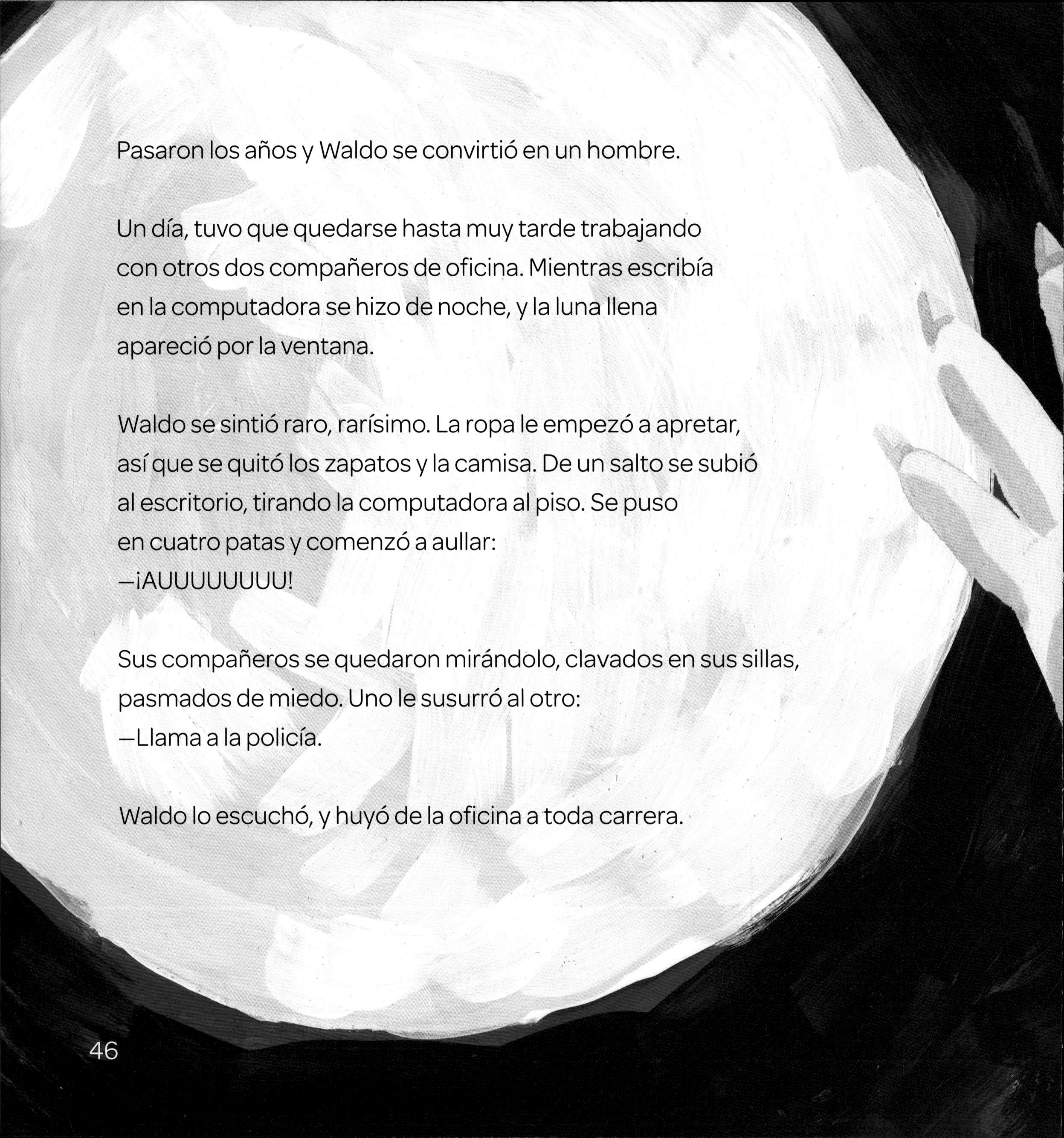

Pasaron los años y Waldo se convirtió en un hombre.

Un día, tuvo que quedarse hasta muy tarde trabajando con otros dos compañeros de oficina. Mientras escribía en la computadora se hizo de noche, y la luna llena apareció por la ventana.

Waldo se sintió raro, rarísimo. La ropa le empezó a apretar, así que se quitó los zapatos y la camisa. De un salto se subió al escritorio, tirando la computadora al piso. Se puso en cuatro patas y comenzó a aullar:
—¡AUUUUUUUU!

Sus compañeros se quedaron mirándolo, clavados en sus sillas, pasmados de miedo. Uno le susurró al otro:
—Llama a la policía.

Waldo lo escuchó, y huyó de la oficina a toda carrera.

Corrió por las calles con la lengua afuera, hasta que lo detuvo
el olor a carne podrida que había frente a un restaurante.
Un perro flacucho había roto una bolsa y estaba comiendo sobras.
El hombre lobo se le acercó y el animal le gruñó. Pero como Waldo
le gruñó mucho más fuerte, soltó la comida.

El dueño del restaurante, que había escuchado los ruidos, salió con un palo. El hombre lobo se agachó con los pelos del lomo erizados y estaba a punto de abalanzársele, cuando escuchó la sirena de la policía. Salió corriendo, con el perrito siguiéndolo detrás.

Corrieron, corrieron, corrieron.

Por fin, pararon en un arroyo para calmar la sed. Waldo vio reflejada su cara en el agua y le pareció espantosa. “Soy un monstruo”, pensó. Pero cuando miró a su compañero, el perro le movió la cola.

Vencidos por el cansancio se durmieron ahí mismo, bien juntos para alegría de las pulgas del perrito, que pensaron que su casa se estaba agrandando.

Al rato se despertaron con el sonido de los cascos de un caballo. El perro comenzó a ladrar, alarmado. Waldo abrió los ojos y encontró que un centauro lo miraba amistosamente. Haciendo una reverencia, le pidió:

—Acompáñame, hombre lobo.

Waldo se paró y fue tras el centauro. El perrito, desconfiado, los siguió pero a cierta distancia.

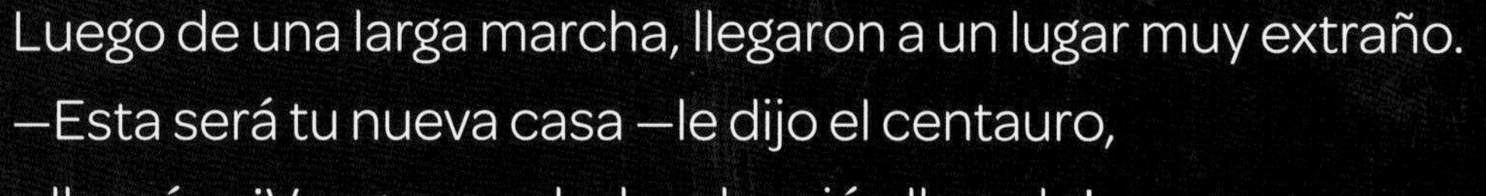

Luego de una larga marcha, llegaron a un lugar muy extraño.
—Esta será tu nueva casa —le dijo el centauro,
y llamó—: ¡Vengan a saludar al recién llegado!

Como en una fiesta sorpresa, surgió del agua una sirena, una arpía llegó volando y un fauno apareció tocando la flauta para darle la bienvenida a Waldo. Todo era caras sonrientes y gestos amables... hasta que se escucharon unos ladridos y apareció el perrito flacucho.

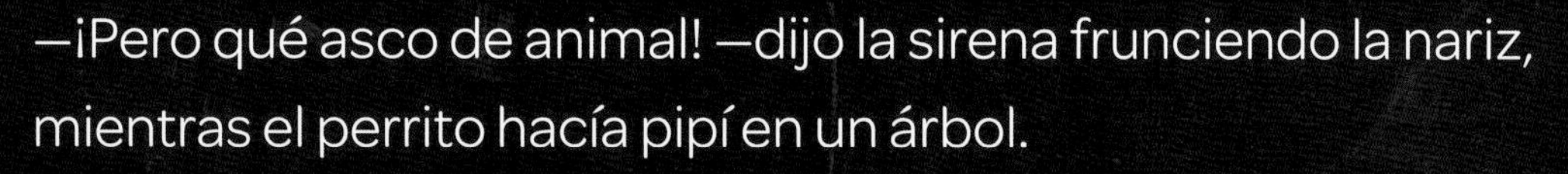

—¡Pero qué asco de animal! —dijo la sirena frunciendo la nariz, mientras el perrito hacía pipí en un árbol.

—Un ejemplar defectuoso, sin dudas: noten que no es mitad y mitad. ¡Es todo perro! —sentenció el fauno, haciéndose el sabio.

—¡Entonces, hay que comerlo! —propuso la arpía, y se le acercó con las garras abiertas.

El animalito se refugió detrás del hombre lobo, que lo defendió mostrando los dientes y gruñendo.

El centauro dio un paso al frente y dictaminó:
—Tú te puedes quedar, hombre lobo. Pero él... ¡NO!

Waldo recorrió con la vista al centauro, a la arpía, al fauno, a la sirena y se detuvo en el perro:
—Entonces, nos vamos —dijo.

Y se fueron caminando despacio, mientras el cielo se hacía cada vez más claro.

Cuando se sentaron a descansar, Waldo se dio cuenta de que había recobrado su forma humana. Ambos se rascaron las pulgas contemplando el amanecer.

—¿Tienes hambre? —le preguntó el hombre, y el perro lo miró atento—. Yo también. ¡Vamos a buscar algo de comer!

FIN

ÍNDICE